디자인을 더한
엔지니어링

디자인을 더한 엔지니어링

발행일   2015년 05월 22일

지은이   김 동 환
펴낸이   손 형 국
펴낸곳   (주)북랩
편집인   선일영   편집   이소현, 이탄석, 김아름
디자인   이현수, 윤미리내, 최연실   제작   박기성, 황동현, 구성우
마케팅   김회란, 박진관, 이희정
출판등록   2004. 12. 1(제2012-000051호)
주소   서울시 금천구 가산디지털 1로 168, 우림라이온스밸리 B동 B113, 114호
홈페이지   www.book.co.kr
전화번호   (02)2026-5777   팩스   (02)2026-5747

ISBN   979-11-5585-600-0 03810(종이책)   979-11-5585-601-7 05810(전자책)

이 도서의 국립중앙도서관 출판예정도서목록(CIP)은 서지정보유통지원시스템 홈페이지(http://seoji.nl.go.kr)와
국가자료공동목록시스템(http://www.nl.go.kr/kolisnet)에서 이용하실 수 있습니다.
(CIP제어번호 : CIP2015014227)

–
어떻게 조망하여
일을 디자인할 것인가

–
어떻게 한 방향으로
일을 집속할 것인가

디자인을 더한 엔지니어링

김동환 지음

Design-added Engineering

북랩 book Lab

생각의 조각들, 엔지니어로서 현장에서 일을 하면서 보고, 듣고, 느낀 이야기들입니다.

디자인을 더한 엔지니어링, 일을 바라볼 때, 큰 그림을 어떻게 그리는지를 나타내려고 했습니다.

하나의 여정을 정리하며, 생각을 정리하고 다음을 준비하기 위한 멈춤입니다.

3장 하나의 여정을 정리하며

1장.
생각의 조각들

세상을 살아가는 데 있어
가장 중요한 이는 자기 자신이라 생각한다.
자신이 남이 될 수는 없기 때문이다.

생각의 조각들….

머릿속에 생각이 인다.
누구나 가지는 일상의 생각들.

그런데, 그것이 땅으로부터,
생활로부터 만들어졌다면 의미가 있지 않을까 한다.

학문에

답은 있지 않다고 일찍이 데카르트는 펜을 놓았다.

그러나, 돈이 답이 아니라고 해서
돈 없이 살 수 있는가.

사람살이란 게
'쌓고 뭉개고, 또 쌓고'의
반복이 아닌가 한다.

맞는 것도

아니고,

아닌 것도 아닐 때에는,

맞는 것도 아닌 것에 기준해야 할 것이다.

아닌 것도 아닌 것은 아무것도 아니다.

정직함

인생을

긴 호흡에서 바라봤을 때

본인에게 정직하게 살았느냐 그렇지 않았느냐는

중요한 이야기가 될 것 같다.

정직함이라는

기초공사를 충실히 해 온 사람은

나중에 위력을 발휘하리라 본다.

엮어짐

일이란 그런 것 같다.

부분적으로 할 때는 안 되었는데,

그게 연결되는 때가 오니, 되기 시작하는 것 같다.

기술을 알고, 돈을 끌어오고, 그래서 생산 준비를 하고….

게으름의 미학

천천히 함으로 잃지 않는 것들이 있다.

하지 말아야 할 것들을 하지 않고,
다지고 지나가야 할 것들은 꼭 챙겨서 갈 수 있다.
생채기를 내지 않아도 될 관계들은 비껴갈 수 있다.

꾸준히

상식을 쌓아나갈 것.

거기서 아주 작은 생각의 씨를 틔울 것.

계속 Develop 할 것.

방향을 크게 틀지 말 것.

가까이서 답을 찾을 것.

사람들은

때로

자신의 위치가 흔들릴 때, 그런 양태를 보인다.
뭔가를 덕지덕지 모으기 시작한다는 것이다.

그러기보다
오히려, 떨궈내야 한다.

떨궈내야 새살이 돋아난다.

7월의 마지막 날

7월이 다 간다.

누군가는 세월을 까먹으며 살아가고,
다른 누군가는 세월을 가로질러 달린다.
어느 쪽이냐 하기보다 어느 쪽이 되어야 하느냐의 문제로 남는다.

긴 글이 쓰고 싶은 날

하던 일은 손에 잡히질 않고,
생각의 줄기도 드문드문 끊길 때.

전혀 다른 생각들이 일어나길 원하지만,
자유 끝에 구속의 기다림을 아는지라
황급히 딴생각들을 거두고
다시 제자리로 돌아온다.

세상을 살아가는

한 가지 방법 중에,

상황과 대치하여 이겨 가는 방법도 있지만,

대상에 대한 내 감정을 최대한 끌어올려

감싸 안으며 가는 방법도 있다.

하지만,

후자의 방법을 택할 대상은 그리 많지는 않을 것이다.

최고이기보다

조절 가능한 높이에서 움직이고,

단말마 같은 최초보다, 지속 가능한 최초이기를,

눈을 믿기보다 몸에서 뿜어내는 땀을 믿어야 한다.

평생을 두고

해야 할 일이 있다면,

얼마나 용기를 가질 것이며,
얼마나 나를 Open할 것이며,
얼마나 도전하는가이다.

그런 사람이 될 수 있을까

일에서는 자신의 세계를 굳건히 하고,
그 외의 일에서는 외부와 소통할 수 있는….

장독과 같은 그런 사람.

아름답다는 것

대단함이 평범함과 친구라는 것을 아는 것.

그리고, 평범함을 실천하는 것.

마지막으로, 어떤 후회도 내리지 않는 것.

경제학이 내게 가르쳐준 것들

사람은 관조자는 될 수 없다는 것.
내가 사는 세상에 나를 집어넣고 생각해야 된다는 것.

그래서,
고독(solitude)을 고려해야 한다는 것.

판단은 늘 고독과 함께하니….

경우에 따라

시간을 다르게 써야 한다.

결심을 하기 위해 데이터를 축적할 때와
숙고를 해야 할 때,
결심을 하는 순간과
결심을 내보일 때,

다른 시간관념이 필요하다.

그러나, 눈으로 말하라.

그저 삶이란

모름지기 돌보아야 한다.

풀처럼 나무처럼, 긴 여행을 하는 자들에게서
자신을 보살피는 법을 터득해야 한다.

그러고 나서, 그들처럼
긴 여행을 떠나야 한다.

세상을

살아가는 절대 기술은 없는 것 같다.

그저, 집중하여 유지하는 것뿐이다.

나머지는 약간의 운과 함께….

더욱

겸손하라.

풀과 같이 바람에 누우라.

비가 내리면, 그 젖음을 받아들이라.

그저, 세월감에 마음 편히 가지라.

인생이 Editorial한 것처럼

삶이 어느 부분 편집의 과정을 거치게 되더라도
우리는 당황하지 말아야 한다.

특히, 자신이 의도하지 않는 방향으로 편집이 되더라도.

역사에 있어

단절을 향한 상승보다, 그리고 가라앉음보다
스스로를 이어감에 더 치중해야 할 것이다.

생각이 죽 끓는 하루

새로운 세계로 나아가기 위해서는
이전의 것보다 더 끌어올려야 한다.

방법은,
기초에 더 충실하는 것,
그것밖에 없다.

요즘…

너무 욕심을 부리고 있는지도 모를 일이다.

아무 신에게나 엎드려 절이라도 한 판 하고 싶다.

쓸데없는 욕심만은 부리지 않게 해달라고….

일에

수익이 나지 않는 것은,

기본에 충실하지 않았거나,

일이 저점에 닿아보지 않았다는 소리다.

기회가

닫혔을 때는 그 문 앞에서 서성이지 마라.

설사 문이 다시 열리더라도 나한테는 자리가 없다.

다른 길로 가서 다른 문 앞에서 문이 열리길 기다려야 한다.

책에 관한 오해

분명 좋은 책이란 있다.

그러나, 좋지 않은 책이 없었다.

단 한 줄이라도,

메시지를 주지 않는 책은 없었다는 이야기다.

책 한 권이 한 사람의 인생이기 때문이다.

외로운가

아무도 날 알아주지 않는 상황에서도
나를 일으켜야 하는 사람이 나이고,

아무도 나를 이해하지 못하는 억울할 때라도
묵묵히 걸어가야 하는 사람은 나이고,
숨고 싶은 창피한 상황을 맞을지라도
그것에 대해 해명이라도 해야 하는 사람은 결국 나이고,

슬프거나 기쁘거나 때로는 절망적일 때
그 감정을 조절해야 하는 사람도 나이고,

비 오고, 바람 불고, 내 곁에 아무도 없을 때
오로지 나를 위할 수 있는 사람은 나이다.

외로울 새가 있나.

바람

99년도 겨울에
자전거로 혼자서 제주도를 돌고 있었다.

혼자서
보고, 듣고, 조금 생각하고… 그게 다였다.

바람
그 바람이 기억난다.
춥지도 않고, 적당히 불어주는….

어느 담장
성긴 돌무더기 사이로
시원한 바람은 들어오고 있었다.

비 온다

먼 훗날
어느 분께서

내 어리석음과 무지함, 그리고 오만함까지
다 용서하시겠지.

지금은
그럴 수밖에 없다.
인간으로서의 실수를 저지르며 나아가는 수밖에.

그게,
최소한이기를 바라며….

하나의 일이 마무리되어 갈 때

섭섭하기도 하고, 시원하기도 하다.
일이 산적해서 오히려 행복했다는 생각도 든다.

그 사람, 그 상황을 이제는 맞지 않아도 된다는 생각보다
이제는 그 사람, 그 상황을 만나더라도
그처럼 격정적일 일은 없겠구나 하는 아쉬움이 더 강하다.

일을 풀어간다는 것, 어렵고 힘든 일이다.
고난의 길이기도 하고,
보람된 길이기도 하지만, 아쉬움으로 남기도 한다.

끝난 일과 사람은, 더 이상 서로에게 매달림은 없다.
차분한 공기만 둘 사이를 메운다.

눈처럼 내리는 비

횡단보도를 건너 집으로 향하면서 하늘을 올려다보았다.
푸른 하늘에, 구름은 두둥실 떠 있고,
흩날리는 옅은 비가 가로등에 살짝 비친다.

가루처럼 날리는 비가 마치 싸라기눈처럼 보인다.
가로등에 비치는 버드나무 잎사귀는 솨-솨- 소리 낸다.

어여 시간이 가고,
걱정 없는 행복한 순간이 오라고 하고 싶지는 않다.
살아있는 순간,
고통이 떠나지 않는다는 이야기도 하고 싶지 않다.

그저 주어진 시간에 감사할 뿐,
다른 것은 다른 것들에게서 이유를 찾아야 할 것이다.

완벽은 없다

살살살, 혼자 칫솔질을 해 본다.
세탁비누를 묻힌, 마로 된 남방 위로.

그런데, 손목 부분은 완벽히 지워지지 않는다.

스스로 완벽을 추구하는 편이다.
그래서, 조그마한 게 틀어져도 속이 상한다.

그러나,
완벽은 책 속의 단어로 남겨두련다.
우리가 완벽하리라 믿었던 것도 대부분 그렇지는 않기 때문이다.

인간관계

인간관계를 단 한 장면으로 표현하라면,
'얼음장 밑으로 물이 흐르는 것'이라 말하고 싶다.

'얼음장'이라는 것은 서로 간에 '좋다, 나쁘다'는
이야기가 쉬이 나오지 않는 표면적 관계를 말한다.
비즈니스 테이블의 포커페이스나,
남녀 관계의 첫 만남 정도가 될 것이다.

마음은 언제든지 흘러간다.
상대에 대해 나쁜 감정이 있든지, 좋은 감정이 있든지….
항상 상대에게 좋은 감정을 가지게 할 수는 없지만,
뭐라도 해야지 마음이 계속 흘러가게 할 수 있다는 것이다.

이것을 아는 사람이라면,
이왕이면 상대에게 좋은 감정을 가지게끔 하는 것이 좋다.

이런 것을 진작 알았더라면….
놓치지 말았어야 할 기회와 사람들이 생각난다.

지식이

사람들을 편하게 만들긴 했지만,

행동은 더 주저하게 만들었다.

나를 깨우는 즐거움을 찾는 데 어렵게 할 수도 있다는 이야기다.

그러나,

가난하게 태어났음에 한 번도 후회한 적이 없다는 파독 광부,

사업 실패를 운동을 통해 극복하여,

다른 사람들을 위한 일을 하는 사람,

심경이 복잡하면 할 수 없는 일들이다.

정말 행복한 사람은

자신이 누구인지도 모르고 몰두할 일을 찾은 사람일 것이다.

영업과 개발, 품질

회사에서
영업부서는 장밋빛 미래를 제시하고,
개발은 이것을 현실화하는 기회를 열고,
품질은 틀어막는 역할을 한다.

미래에 대해 평생 품질관리만 해 온 듯하다.
높은 품질의 미래만 고집하고 있으니,
장밋빛 미래가 길을 헤매고 있지….

10년간의 일기

'과연

돈을 버는 과정이란 무엇인가'에 대한

여정을 계속하고 있다.

엔지니어적인 기획이다.

아이템 선정은 '그냥'이다.

그냥 보였다고 이야기한다.

그러면서,

죽어라 연습해 왔던 방식으로 구체화(prototype)하고,

사랑받기 위해서는,

일상의 되풀이가 가해져야 한다.

내가

되어야 할 사람은 무엇일까.

재미있는 사람?

깊은 생각을 가진 사람?

그냥,

한 곳을 응시하며

조용히 생각하련다.

비에 묻힌 오늘

가을답지 않은 따뜻한 바람 속에 간간히 비가 섞여 있다.
일이 하나 둘씩 풀려가니, 다시 이런저런 생각이 든다.

세상을 알고 싶어 많은 사람들을 만났다.

외국어를 잘하기 위해,
취미를 잘하기 위해,
직장을 잘 다니기 위해.

그런데, 그 자리로 돌아와 버렸다.
그렇게 많은 사람들을 만나고 깨졌지만,
아직도 모르겠다. 그 사는 게 무엇인가에 대해….

내가 생각하는, 신(God)이 내린 인간의 역할은,
'그냥 모르고 살아라'인 것 같다.
'모르니 답답해라'라고 약을 올리는 것이 아니라,

'모른 채로 그렇게 살아라'라고 넌지시 알려주는 것 같다.
그냥 그런 것 같다.

그러면, 또 더 알기 위해 발버둥 쳐야 하는가.

아니, 그렇게 하지 않겠다.
단지, 살아가는 하루하루 안에서,
내가 주어지면 나를 취하고,
그렇지 않으면 그렇지 않은 채로 가겠다.

우리 태어나서 정말 할 일이 많지 않을 수 있다.
그저, 출근하는 이웃에게 싱긋이 웃어주는 것이
최고로 가치 있는 것일 수 있다는 생각이 든다.

아침이 밝아오는 바다를 보며…

그래도 어선(漁船)의 선 긋기는 아름다워라.

2장.
디자인을 더한 엔지니어링

수많은 일들 중에서 엔지니어링을 택했다. 왜 이걸 택했는지 아직도 알 수는 없지만, 하다 보니 드는 생각은 엔지니어링이 담백한 분야라는 것이고, 자신의 성향과 잘 맞는다는 것이다.

그리고, 엔지니어링은 주위에 실질적인 도움을 줄 수 있다고 생각해 왔다. 예전에 알게 된, 일본의 한 회사는 어린아이들을 위하여 무통주사바늘을 개발했다고 했다.

오래전, TV를 통해 현수교를 놓는 것을 보았다. 해 뜨기 전, 다리의 팽창이 가장 적은 시간대에 마지막을 완성하고자 하는 장엄한 광경이 펼쳐졌다. 현장 토목 엔지니어들의 그 움직임이 꽤 인상 깊었다. 마치 예술품의 마지막 단계를 완성하는 사람들 같았다.

결과적으로 알게 된 이런 매력들에 스스로 끌려오지 않았나 한다. 그리고, 앞으로도 계속 이 길을 가면서 또 다른 이야기들을 만들어가지 않을까 한다.

엔지니어링, 잘하지는 못했다. 그러나 공대를 들어갔었고, 이 분야에 대해 적지 않은 고민을 했었다. 가장 많이 고민을 했던 것은, '어떻게 하는 것이 엔지니어링을 잘하는 것인가?'였다.

엔지니어링도 하나의 생각의 덩어리라 생각한다. 그래서 엔지니어링을 잘한다는 것은 생각하는 힘이 크고 깊은 것이라 생각한다. 당연히 크고 깊은 생각이 마음이 가고자 하는 방향으로 향할 때 큰 위력을 발휘한다고 생각한다.

생각의 방향을 제시하는 글들은 꽤 있다. 그러나 생각하는 법을 키우는 절차들을 제시한 글은 많지는 않았다고 본다. 그래서 현장이나 학교에서 해 오던 연구나 개발의 과정을 여러 경험들과 서적들에 빗대어 정리해 보았다.

이 다음 순간이

두렵다고 생각될 때는,

비를 맞아보는 것도 괜찮을 듯….

적게 가질수록, 실용적일수록

우리네 삶이 앞으로 어땠으면 좋겠는가를 오랫동안 생각했었다. 개인이 혼자서 알 수 없는 범위이긴 하지만, 적잖이 이런저런 자료들을 들추어보았다.

그중에 기억나는 사람이, 안도 다다오이다. 그는 건축가이다. 젊었을 때 프로복서였고, 길 가다 우연히 본 책이 그의 인생을 바꾸었다고 한다.[1]

다다오에게 메일을 보냈다. '건축을 보는 기준은, 당장의 편리함보다는, 불편하더라도 열심히 살라는 것 같습니다. 그 이유가 무엇입니까.'였다.

---

1. 건축이 사람 사이에 어떤 의미를 가지는가를 고민하게 하는 책이다. 성숙기의 경제에 관한 이야기도 나온다. (안도 다다오, 『나 건축가 안도 다다오』, 이규원 옮김, 안그라픽스, 2009년.)

그리고, 어느 컨설팅 그룹의 영업보고서를 읽게 되었다. 글이 참 좋았다. 죽죽 훑어 내리는 듯한 글이, 단박에 끝까지 읽게 했다.[2]

어째서 우리네 삶이 이렇게 팍팍해졌는가는 누구도 끝까지 이야기하진 않았다. 단지 여러 해 동안 각종 경제 자료를 통해 알게 된 것은, 좀 더 아끼며 살아야 하고, 우리가 알고 있던 상식을 따라 살아가면 된다는 것이다.

그리고, 세월이 더하더라도 생활의 깊이와 풍요로움은 잃지 말아야 할 것이라 생각한다. 이것이 개인적으로 생각하는, 우리의 삶이 갔으면 하는 방향이다.

---

2. 경제가 성숙기일 때, 마케팅을 어떻게 하면 좋은가를 이야기하고 있다. (스기타 히로아키, 『보스턴컨설팅그룹의 영업테크닉』, 홍성민 옮김, 비즈니스맵, 2010년.)

세상살이

평범한 사람들의 비범한 이야기

알고 보면 평범한 이야기

고로, 평범한 사람들의 평범한 이야기

디자인을 더한 엔지니어링

디자인을 더한 엔지니어링

돌 조각전을 보게 되었다. 아프리카의 쇼나 부족이, 주운 돌을 이리저리 쪼아내어 사람들에게 보여준 것이 시초라고 한다. 팸플릿에서 눈에 띌 만한 문구를 발견했다. '돌의 본성을 찾아주는…'

'덜 필요한 것을 덜어내는 것'이 디자인이라 생각한다. 우리 생활을 멋지게 하기 위해서는 좀 더 가벼워지면 좋겠다는 생각이다. 예를 들면, 봄이 오기 전에 덥수룩한 대추나무의 가지들을 정리하면 가을에는 더 풍성하게 대추가 열리고, 덜 필요한 생활 도구들을 정리하면 생활이 더 활동적일 수 있다고 생각한다.

그리고 안전한 것을 고려하는 것도 디자인이라 생각한다. 차를 몰고 고모 댁에 가는데, 어디를 지나가면 기름도 적게 들고 사고도 덜 날 것 같고, 되도록 빨리 갈 수 있는 길을 택하는가 하는 것이다.

생활에 멋과 안전을 같이 생각하는 것이, 디자인을 더한 엔지니어링(Design-added Engineering)이라 이야기하고 싶다.[3]

디자인을 더한 엔지니어링은, 엔지니어링에 있어 적절한 선택을 하기 위해 세세한 준비를 어떻게 하는가에 관한 이야기다.

3. 리엔지니어링은 회사 경영을 할 때, 연구나 개발, 생산, 판매를 따로 보지 않고, '고객을 만족시키는 구조'로 프로세스를 다시 바꿀 것을 주창했다. (마이클 해머·제임스 챔피, 『리엔지니어링 기업혁명』, 안중호·박찬구 옮김, 김영사, 1993년.)

일상으로부터

북유럽의 한 곳인 덴마크에 다녀온 후배가 있었다. 전화 통화 중에 그곳의 산업과 디자인에 대해 이런저런 이야기보따리들을 풀어놓았는데, 우리의 산업 구조와는 사뭇 다르다는 이야길 했었다.[4]

2008년도, 광주광역시의 한 박물관을 찾았다. 우리의 도자기 문화를 한눈에 볼 수 있었는데, 상감 기법과 백자 기술을 보면서 당시의 도공들이 그 기술을 구현하기 위해, 또 그에 맞는 흙을 찾기 위해 들인 노고를 느낄 수 있었다.

사람들은 하지 않으면 안 되는 일을 열심히 한다. 일상에 필요하다면, 안 만들면 안 되는 것이다. 후배의 이야기처럼, 광주 박물관의 이야기처럼, 우리의 엔지니어링도 좀 더 생활의 필요성에 가까이 가면 좋지 않나 생각했다.

---

4. 북유럽의 문화에 기반한 경쟁력은 덜 격정적이고, 정직함을 추구하고, 먼 미래를 보는 데 있다고 한다. 그리고 산업의 발생과 성장도 생활의 필요에 의해 출발한 것이라고 한다. (황스 자, 『북유럽의 매력 ICE』, 성은리 옮김, 이스트북스, 2007년.)

관조자의 태도를 가졌으면

현장에서 적잖이 엔지니어들을 만났다. 제품을 잘 만드는 사람, 제품의 기획을 잘하는 사람, 아니면, 대외적인 활동을 잘하는 사람.

엔지니어에게 기술은 자기의 생명과도 같지만, 가끔은 살짝 뒤로 물러서서 생각하는 것도 나쁘지는 않다고 생각한다. 자신을 위해서, 그리고 타인을 위해서.

무엇보다 관조적이면 마음이 편안해진다. 먼지가 가라앉고, 이제는 빗자루를 들어야지 하는 마음이 들 때, 그때는 청소를 더 잘할 수 있을 것이다.

물 위로

떠오르기 전에

충분히 준비기간을 거치는 편이 낫다.

미리 준비하기

일 잘하는 사람들의 노하우를 물려받고 싶었다. 기회가 될 때마다 오린 신문기사와 알음알음 전화번호를 들고 여기저기를 찾아다녔다.

알게 된 것은, 일을 잘하는 것보다 더 중요한 것은 자신을 위험에 적게 노출시키는 것이다. 부득불 위험한 상황에도 해야 하는 일 아니면, 미리 알고 대처하는 것이 나은 선택이라는 것이다. 그 다음이 어떻게 준비를 해야 일을 잘할까 끊임없이 고민하는 것이라 생각한다.

이 장은 위험하다고 생각하는 상황에서 어떻게 대처하면 좋겠다는 내용과, 일의 준비 과정을 이렇게 하는 편이 괜찮겠다는 내용으로 구성되어 있다.

위험한 상황을 생각하며

:: 약품이 끓고 있다!

일상생활에서 아주 긴박한 상황을 맞을 때가 있다. 뚜껑이 닫히지 않은 맨홀을 지나갈 때도 있고, 아슬아슬하게 코너를 도는 자동차를 피해야 할 때도 있다.

일을 할 때도 위험한 상황은 생기기 마련이다. 그런데 머리로 생각해서 위험하다고 생각되는 일은, 멀찍이 피해갈 수 있다. 그러나 채 판단할 틈도 없는 긴박한 상황에서의 일은 머리로 생각할 겨를이 없는 경우가 허다하다. 우선, 긴박한 상황에서의 일은 어떤 일인지 알아보는 것이 좋겠다.

예전에 많이 해봤던 화학 실험을 예로 들면 좋겠다. 뭔가를 끓이는 실험을 할 때, 부글부글 끓으면 압력이 점점 증가하게 된다. 실험을 하는 사람이 조금만 덜 신경 쓰게 되면, 위험한 일이 생길 수 있다. 위험하다는 생각이 들면 빠르게 그 자리를 뜨는 것이 낫다. 사람의 힘으로 막을 수 없는 일, 혼자만의 힘으로 막을 수 없는 위험한 상황에서는 빨리 반사적으로 그 자리를 뜨는 편이 낫다는 것이다.

가로수의 잎이 흔들렸다면, 바람이 불어온 방향에 대해 생각할 것이 아니라, 빨리 바람이 부는 방향으로 걸어가든지 그 반대 방향으로 걸어가는 것이 빠른 행동을 필요로 하는 상황에서 적합한 조치라 생각한다.

:: 빠져나갈 길을 확보해야 할 때

일을 하다 보면, 벽을 만난 기분이 들 때가 있다. 심적인 수련을 위한 벽이 아니라, 정말 넘기 힘들 것 같은 벽을 만났을 때이다. 이를 테면, 한 번도 전자부품을 설계한 경험이 없는 엔지니어가 설계 프로그램을 가지고 그것을 해야 하는 때이다.

이럴 때의 길은 하나밖에 없다고 생각한다. 전혀 못 할 일이 아니라는 생각이 들면, 그것을 해보는 것이다. 대신, 짧은 시간에 해내겠다는 생각은 하지 않는 게 좋다.

회사에서 생소한 부서로 이동을 명령받아서 그런 일들을 해야만 할 때, 또는 생각지도 못한 학문의 분야로 뛰어들어 공부를 해야 할 때는 어쩔 수 없다고 생각한다. 이럴 때는 수영장에서 처음 수영을 배우는 마음으로, 물 좀 먹어도 괜찮다는 마음으로 배우면 좋겠다. 아무리 힘든 상황이라도 일을 하다 보면 조금씩 길이 열린다.

환상 해도 끝나진다

동미는

어떻게 일을 하며

늦게까지 학교에 다녔었다. 실험 계획을 보고하러 가는 길은 정말 쉽지 않은 길이었다. 똑똑똑, 노크를 하고 문을 들어서면서 큰 마음을 먹어야 했다.

스스로 하는 일들도 그런 모습들을 꽤 가지고 있다. 실제로 일을 꾸리는 것이나, 일을 할 때는 괜찮은데, 일을 시작하는 순간이 어렵다. 마음먹기가 어려운 것이다.

지금부터는 실제로 연구 실험을 수행했던 과정에 관한 이야기다.

:: 작전명 '타이트로프'

1989년, 그러니까 중학교 3학년 때 '에어리어88'이라는 만화영화를 보았다. 어릴 때라서 그냥 재미있다는 정도만 느꼈을 뿐, 이것이 2D로 구현한 3D의 효과를 낸 작품이라는 것은 한참이 지나고 나서 알게 되었다.

기억은 항상 인상적인 장면을 매개로 주위로 퍼져나간다. 주인공이 비행기를 몰고 좁은 협곡을 통과하던 장면은, 까다로운 조건을 만족시키며 나아가는 내 연구 실험과 같았다.

기지의 사령관은 그 좁디좁은 계곡을 날아 작전을 무사히 수행하고 돌아오면 돈을 두 배로 주겠다고 했다. 그만큼 어려운 비행이었던 것이다.

실험을 그 만화영화의 한 장면으로 생각했다. 각 단계별 실험은 눈감고 할 수 있을 정도로 숙달했다. 조건은 가장 나쁜 실험 조건을 택했다. 이를테면, 습도가 최대의 적인 실험을 비 오는 날에 했다. 오디오의 이퀄라이저처럼 다라락 다라락 실험의 단계들을 통과해

갔다. 비행기 날개가 왼쪽 벽에 부딪히지 않도록, 또 아래에 닿지도 않도록….

개인적으로는 처음 시작을 과감하게 할수록 좋았다. 이루겠다는 생각마저도 잊어버린 채로.

:: 마음이 차오를 때까지

무슨 일이든지 일을 시작함에 마음이 차오르게 하기까지 시간이 걸린다. 특히나, 어려운 일을 덜 해본 사람이 일을 시작할 때는 망설이게 된다.

자전거를 타다 보면 비슷한 경우를 만난다. 도저히 지나갈 수 없을 것 같은 길, 넘어지면 다칠 것 같은 데가 분명히 있다.

그럴 때는 자전거를 이렇게도 타보고 저렇게도 타보았다. 넘어지기도 하고, 비싼 자전거 긁어먹는 일도 생기지만, 자꾸 타다 보면, 어느 순간 느낌이 올 때가 있다.

마음이 차오르면 주저주저할 때와는 달리, 일이 되는 지점을 보게 되었다. 과신이 아니라, 안 될 것 같은 부분들을 가려내면서 마음 깊은 곳에서 한번 해보자는 생각이 들었다. 그 순간 마음이 '탁' 놓였다. 마음이 아주 안정된 상태라기보다 약간 불안한 상태였다.

그때, 눈을 크게 뜨고 자전거 브레이크에서 손을 놓았다. 그전에

심호흡을 하고 마음도 가다듬었다. 할 수 있다는 꽉 찬 마음이 일을 시작하는 순간에도 들었다. 그러면서, 지나가는 지점과 다음 지나갈 지점을 몸이 저절로 연결시켰다.

어려운 실험을 할 때도 마찬가지로, 마음속에 무엇인가가 차오를 때까지 천천히 기다렸다.

:: 지나간 것은 털어버림으로

일을 하다가 잘 안 되기 시작하면 그런 마음이 든다. '왜 저번과 똑같이 안 나오느냐고. 특히, 중간의 어려움은 겪지 않고 한두 번 만에 성공한 경우일수록 더욱 그렇다.

실험을 하다가 안 될 때, 처음으로 다시 돌아갔다. 그 방법을 생각할 때의 환경과 느낌을 다시 한 번 생각해 보았다. 실타래의 끝을 붙잡고 천천히 한 걸음 한 걸음 옮기면서 가보면, 분명히 실타래가 꼬이기 시작한 지점이 있었다.

목도리가 잘 짜질 때는 모르겠지만, 꼬이기 시작할 때는 풀고 처음부터 다시 생각하는 편이 낫다고 생각한다. 이대로 짤 것이냐, 아니면 새롭게 시작하느냐를 생각해야 하는 것이다.

:: 밤에 산을 오르면서

일을 더 잘하려면 상황을 판단하는 힘과 오래 견디는 힘, 담력이 필요하다고 한다. 그리고 오랫동안 일을 지속하기 위해서는 심폐 기능도 좋아야 한다고 한다.[5]

예전에 비 오는 밤에 산을 올랐다. 핸드폰이 젖을세라 비닐봉지에 둘둘 감아 주머니에 넣고, 길이 안 보여서 가끔 핸드폰으로 길을 비추면서 갔었다.

왜 그랬는지는 모르지만, 박사과정을 공부하는 동안 그런 경험들을 꽤 했다. 차가운 계곡물에 몸을 담그기도 하고, 팔굽혀펴기를 평소의 두 배씩 하기도 했다.

---

5. 스코틀랜드의 에덴버러 대학에서 나온 자기계발서에서의 이야기다. (새뮤얼 스마일즈, 『자조론』, 김유신 옮김, 21세기북스, 2006년.)

이스라엘은 젊은 사람들 대부분이 군대를 간다고 한다. 그들이 제대하고 난 후 직장을 다니거나 자기 일을 할 때, 군대에서의 경험이 일을 하는 데 적잖은 도움을 준다고 했다.[6]

---

6. 이스라엘의 창업에 관한 배경과 이야기들에서 군대 경험의 중요성을 이야기하고 있다.
(사울 싱어·댄 세노르, 『창업국가』, 다할미디어, 2010년.)

타닥타닥

콩이 튀면

다 된 거다.

실제 계획 세우기

:: 계획 세우기

일을 시작하기 전에 다른 사람들의 의견을 많이 들어보는 편이 낫다고 생각한다. 나중에 틀리다고 판단하건 맞다고 판단하건, 다른 사람들의 이야기 속에서 자신의 이야기를 미리 그려보는 것이다.

앉아서 두런두런 나누는 이야기부터 복잡한 수식을 끌고 온 논문까지 되도록 많은 이야기를 모아보는 것이 좋다고 생각한다.

:: 배경지식을 도화지에 채우기

우리 집에서는 겨울에서 봄으로 넘어갈 때 감나무 밑둥에 짚을 낸다. 여름을 지나면서 풀이 많이 자라는 것을 막고, 또 짚이 썩어서 거름이 되는 것이다.

몇 번 혼자서 짚을 내어본 적이 있다. 처음 짚단을 감나무 밑둥으로 가져간 이후로 조금씩 채워 나갔다. 섬(island)들이 만들어지고 조그맣게라도 계속 채워나갔다. 도중의 지루함을 방지하기 위해, 한쪽을 채우다가 다른 쪽으로 가서 채웠다. 밭의 모서리를 돌아가 며 채웠다.

이렇게 천천히 '시간아 가거라' 하면서 일을 하다 보면, 밭 하나를 다 채우게 된다. 그러고 나서 다음 밭으로 넘어간다.

일을 시작하기 전 자료를 검토할 때, 이런 방법을 썼었다. 일에 필 요한 바탕들을 모두 채우는 방식을 썼다. 그런데 중간에 지루해질 수 있으니, 여기 조금 저기 조금 채우다가 어느 순간 갑자기 다 채 워지는 순간을 맞았었다.

글을 쓰는 것도

연필이 지나간 결과이다.

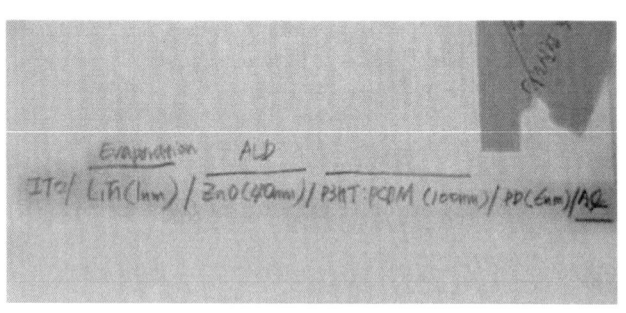

어디에도 없던 태양전지

글쎄, 뿌듯함이란 '대단하지는 않으나, 마음속을 꽉 차게 하는…'으로 해석하면 될까. 이 사진을 보고 있으면 뿌듯함이란 단어가 생각난다.

'하중'이라는 단어에서 멈추었다. 하중을 준다는 것은 무엇인가가 못 가게 막는 것도 있지만, 그것에 '힘을 준다'는 것으로 이해하기도 한다. 물이 흐르는 곳을 손으로 막았다가 재빨리 떼면, 그냥 물이 흐르는 것보다는 빠를 것이다.

태양전지를 공부하다가 이 개념을 생각했다. 전자(electron)의 흐름을 막았다가 풀어놓으면, 그냥 흐르게 하는 것보다 득달같이 달려가지 않을까 생각한 것이다.

자료를 읽어 나가다가 '이런 게 있어야 하는데…'를 생각하게 되는 순간이 온다. 지나온 것과 지금 유행하는 부분들을 읽고 생각하다 보면, 미래에는 어떻게 될 것 같다는 생각이 저절로 떠오른다. 그러기 위해서, 지나온 것을 도화지에 빽빽하게 채워 넣어야 한다.

도화지에 사람들이 지금까지 따라온 가장 큰길을 그려 넣었다. 샛길도 대부분 그려 넣었다. 그러고 나니, 사람들이 왜 큰길로 다니기 시작했는지가 궁금해졌다. 그걸 자세히 들여다보니, 앞으로 갈 길이 보였다.

실제, 앞으로 난 길을 잘 가려면, 지나온 큰길에 익숙해져 있어야 한다. 그리고 돌아보지 않고 길을 가면 된다.

가기 좋은 길이 진짜 좋은 길이다. 중간에 어딘지 모르게 하는 길은 좋은 길은 아니라는 것이다. 그리고 그 길은 다시 많은 사람들에게 통로를 제공하는 그런 길이 될 것이다.

:: 아무 생각 말고 자료를 검토해야 할 때

논문을 읽다가 쉽지 않은 논문을 발견했다. 내용도 두툼해서 읽기만 하는데도 시간이 꽤 걸렸다. 그래도, 이야기의 흐름이 맞아 들어가는 것이, 어려워도 그 의미를 곰곰이 생각하게 했었다.

논문은 꽤 철학적인 문구로 시작했던 것 같다. 광고 카피를 만드는 것과 같이, 논문의 한 줄은 정말 많은 의미를 담고 있었다. 그 철학적인 문구를 물통에 푹 담그면, 구체적인 아이디어들이 술술 풀려날 듯했다.

수식도 꽤 복잡했다. 수식은 따라가지 못했고, 그 흐름만 끝까지 따라가 보았다.

이런 식으로 일에 대해 어느 정도 파악하게 되면, 일이 어떻게 돌아갈지 알 수 있다. 안 될 것도 어느 정도 생각하면서 스펙을 까다롭게 따라갈 때, 실험은 정확한 결과를 내게 된다.

이론에서 시작하여 실험으로 건너오는 과정을 끊어짐 없이 이해하는 것이 중요하다는 것이다.

:: 계획을 겹치다 보면

모네(후기 인상파의 대표적 화가)의 그림을 보고 있으면, 흔들리는 듯한 장면을 적지 않게 볼 수 있다. 그 이유는 모네가 백내장을 앓았기 때문이라고 한다.

자전거를 타고 험한 길을 달리다 보면 잘 탈 수 없을 때가 있다. 길이 눈에 잘 들어오지 않는 경우가 그렇다. 모네의 그림처럼, 흔들리는 장면이더라도 순간순간을 잘 잡아서 연결할 수 있다면, 길을 잘 찾아낼 수 있다고 본다.

실험 계획을 세우는 것도 마찬가지라도 본다. 앞으로 실험 단계를 면밀히 검토함으로, 그에 따른 계획을 세우고 그 계획을 중첩해 보는 것이다. 중첩한 이미지 너머로, 계획이 어느 길을 따라가면 안전하게 갈 수 있을지 나올 것이다.

뭔가를 바라볼 때나 글을 읽을 때, '강하게' 이미지화하는 능력이 필요한 것 같다.

:: 인문학, 계획이 갈 길을 알려주다

확실히 '이 길이 아닌데'라는 판단이 들면 오히려 길 찾기가 쉽다.
그런데 이 길 같기도 하고 저 길 같기도 할 때가 어렵다.

한 소설의 구성은, 통속적인 이야기 속에 특별한 이야기가 들어있
다. 황순원의 소설 「소나기」의 특별한 장면은 소년이 소녀를 업고
개울을 건너는 장면이다.

통속적인 이야기 속의 장면들은 무의식적으로 흘러간다. 막다른
골목에서 왼쪽으로 갈지 오른쪽으로 갈지 택할 때 그냥 택하는 것
처럼, 습관적으로 선택을 하게 된다는 것이다.

계획은 통속과는 다른 범주일 수 있지만, 실험도 그냥 손이 가는
계획이 있다. 크게 머리로 생각지 않아도 되는 방법 말이다. 대개
이럴 경우, 최고의 선택보다는 약간 아래의 선택이 좋았다.

사람들이 살아온 이야기의 농축이 인문학이라면, 그 얼기설기 속
에 어느 방향이 적합한가를 직감적으로 알려 줄 것이라 생각한다.

:: 마음을 편히 가졌으면

한여름, 비가 갑자기 쏟아진다. 계곡의 물은 높은 지점을 지나 낮은 지점으로 모인다. 모인 물들이 계곡의 가장 낮은 지점을 지나간다.

우리가 짠 계획들이 순간순간을 열어가는 것은, 물이 가장 수월한 지점들을 연결하며 지나가는 것과 비슷할 것이다. 충분히 여유를 가지고, 그 바닥을 충분히 거치면서 지나간다는 것이다.

마음을 편히 가지지 않으면, 생각이 충분히 살아있지 않을 거라고 생각한다. 그러면 고민한 생각의 덩어리들이 자연스럽게 엮이지 않을 것이다. 억지로 엮은 생각의 덩어리들은 어디인지는 모르지만, 긴장을 하게 만드는 부분을 갖고 있을 것이다.

일을 생각할 때는 편안한 상태에서 일의 템포와 리듬을 찾아야 한다고 생각한다. 지나갈 경로도 한번 생각해 보고, 걸리는 부분도 짚어보는 것이 낫다고 생각한다.

일을 생각하는 것은 사람이지만, 사람의 생각을 떠난 일은 스스로의 길을 찾아간다고 생각한다. 사람의 생각이 많이 들어갈수록, 일은 스스로의 속성을 잃고 제멋대로 경로를 찾게 된다고 생각한다.

빨리

움직이는 것을 보기 위해서는

가만히 움직여야 한다.

계획의 선택

:: 많은 계획들 중의 선택

길쭉한 모양의 과자를 통에 담아 파는 것이 있다. 과자를 먹을 때 봉지를 뜯어서 하나씩 꺼내서 다 먹듯이, 일을 할 때도 한 번쯤은 계획한 것을 다 해보는 것이 좋다고 생각한다.

일은 지속 가능한 방법을 택하는 것이 좋다. 상황에 들어맞는 방법이 어떤 것인지 찾으려면 모든 생각한 방법들을 다 해 볼 것을 추천한다. 다음번부터는 고르는 것이 좀 더 쉬워질 것이다.

일을 하기 전에는 실제로 일이 어떻게 앞으로 나아갈지 궁극적으로는 알 수 없다. 물이 흘러가는 낮은 지점을 예상은 할 수는 있지만, 실제로 물이 어떻게 흘러갈지는 알 수 없는 것과 마찬가지이다. 계획한 것을 모두 실험으로 옮기다 보면, 선택한 방법이 실제로 어떻게 앞으로 나아갈 것인가를 알 수 있다고 생각한다. 그러면 더 상황에 맞는 방법, 더 오래 쓸 수 있는 방법을 직감적으로 고를 수 있다고 생각한다.

뭔가

엷어진다는 느낌,

그러면서 점점 가벼워진다는 느낌.

이런 게 앞으로 나아가고 있다는 건가.

계획의 준비는

:: 어떻게 준비하면 괜찮을까

즐겨 보는 일간지의 만화 작가는 그런 이야길 했다. "인생이란 나를 믿고 가는 것이다."라고.

업무의 능력을 키우는 것도 마찬가지라고 본다. 특히 엔지니어링이라는 분야도 자신이 가고자 하는 지점을 마음속으로 그리고, 천천히 한 길로 가면 된다고 본다.

:: 근원을 알아가는 방향으로

현대의 물리학은 우리 생활에 많은 영향을 끼치고 있다. 생활에 필요한 도구부터, 생각을 하는 방법에까지 영향을 주고 있다. 그런데 분야가 많이 갈라지다 보니 기원이 어떤 흐름을 타고 왔는지 알기가 방대해졌고, 또 나중에 다시 돌아가 확인할 일이 생겼을 때 실

마리를 찾기가 쉽지 않을 것이란 이야길 들었다.[7]

공부는 횃불을 들고 막장에서 곡괭이질을 하는 것이라 생각한다. 새로운 방법을 생각하기 위해서는 새로운 정보를 수집하는 것이 낫고, 그러기 위해서는 정보 수집에 있어서도 관성을 따라가지 않는 것이 낫다고 생각한다.

자신이 서 있는 마지막 지점에서 물줄기를 찾아내 본 사람은 그 내성을 지니게 될 것이라 생각한다. 어떤 상황에서도 일을 해낼 것이라 생각한다.

7. 프리초프 카프라, 『현대 물리학과 동양사상』, 김용정·이성범 옮김, 범양사, 2006년.

:: 비선형적으로 자료 읽기

하나의 주제를 근 20개의 다른 시각으로 들여다보면, 생각해 볼 수 있는 방법은 거의 다 망라할 수 있을 것이다.

그리고 한 주제를 꿰뚫기 위한 독서가 위력을 발휘하기 위해서는, 배경을 채우는 독서가 필요하다고 본다. 배경을 먼저 채우고, 거기다 특별한 부분을 찾아 읽어나가는 것이다. 배경을 채우는 독서는 적지 않은 양의 책을 필요로 한다. 읽을 책도 다양하면 좋다고 생각한다.

자신의 영역의 배경을 충분히 채우고 다른 사람들의 생각을 여러 위치에서 들여다봤다면, 일의 방법을 찾는 것은 어렵지 않을 것이라 본다.

:: 좋은 자료란, 골라지는 것이다

"…는 …다."라고 이야기하기보다 "…는 한번 생각해 볼 일이다."라고 이야기하면 누군가는 한 번 더 귀를 기울이게 될 것이다.

책은 우연히 고르게 마련이라 생각한다. 예전, 돈을 어떻게 버는지 무척 고민할 때, 우연히 내셔널지오그래픽사의 사진기자로 일했던 분의 자서전을 보게 되었다. 그는 좋은 사진을 우연히 찍었다고 이야기했다. 그 책이 우연히 발견된 것처럼.

현실에 기반한 자료가 좋은 자료라고 생각한다. 이론은 아무리 완벽하더라도, 현실로 넘어가는 과정에서 장애물들을 만난다. 현실을 표현하는 방식이 완벽하지 않을 수도 있고, 더구나 그 속이 완벽히 공개되지 않았을 경우도 있다.

그럼에도, 실험 계획을 잘 세우려면 좋은 자료를 고르는 게 낫다고 본다. 한참 발품을 팔다 보면 '이것이 왜 여기에 있지?' 하는 순간들을 제법 만날 것이다. 좋은 책에는 읽는 사람의 손이 저절로 간다고 생각하는 바이다.

:: 경험들을 한 방향으로 집속하기

매체를 통해 융합과 통섭 등 현재의 학문을 하는 방식에 대한 이야기들이 오가고 있다. 그것이 어떤 말로 불리든, 전반적으로 알지 못하면 일을 체계적으로 하기는 쉽지 않다고 생각한다.

낚싯대를 만드는 엔지니어라면 재질로 쓰는 카본 섬유에 대해서도 알 필요가 있으며, 물고기의 특성을 아는 것도 중요하다고 생각한다. 또, 낚시꾼들의 특유한 행동들도 제품 설계에 반영을 하는 것이 좋다고 생각한다. 제품을 개발하기 위해서는 자신이 알고 있는 다양한 지식들을 엮을 줄 아는 것이 중요하다는 생각이다.

일반적으로 공부나 일의 준비를 하다 보면, 하고 있는 일이 어디에 쓰일지 궁금해진다. 결과가 나오지 않는 상황에서 계속 그 일을 해야 하는지 불안해지는 것이다.

그러나 나름대로 일에 대한 자신의 생각을 지니고 있다면, 그런 상황을 잘 참아낼 수 있으리라고 본다. 그리고 시간이 지나면 자신이 한 모든 경험들과 지식들이 한 점으로 엮일 것이라고 본다.

:: 잘 모르는 일을 할 때

제품을 개발하는 일을 하다 보면, 모르는 분야를 공부할 때가 있다. 재료공학을 전공했으면 해당 분야만의 업무를 하고 싶지만, 현장에서의 일은 다른 것도 공부해야 하는 일이 허다하다.

생소한 것을 알아갈 때는 빠른 속도로 하는 편이 좋다고 생각한다. 흐름만 짚는다고 생각하고 자료를 읽어나가면서, 자신의 일에 필요한 비전공 영역을 습득해나가는 것이다. 그런데 처음을 잘못 이해하면, 일을 시작하는 데 적잖이 고생할 수 있다.

생소한 일들을 준비하다 보면 답답할 때가 많았다. 그래서 다 알아야 한다는 생각보다, 일을 무사히 끝낼 수준 정도로 알았다면 공부는 끝을 냈었다.

일을 하다가 잘못되어 간다는 판단이 설 때는 자신이 공부한 분야를 재점검했다. 재료공학적 지식이 잘못된 것인지, 아니면 비전공 분야가 잘못된 것인지를 확인했다는 것이다.

모르는 분야라도 흐름이 명확하다면 일을 무리 없이 해 나갈 수 있
다고 본다.

:: 추상화마저도 명확한 생각으로

후배에게 전화를 걸었다. 이렇게 표현하면 사람들이 이렇게 봐줄 것 같고, 저렇게 표현하면 저렇게 봐줄 것 같은데 어떻게 하면 되겠느냐고 물었다.

미대를 졸업한 후배는, 추상화처럼 결과물이 이렇게 보여도 괜찮고 저렇게 보여도 괜찮은 것이라면 상관이 없는데, 공학적 결과물이라면 곤란하지 않겠느냐고 했다.

특히, 논문을 읽다 보면 관점이 모호한 논문이 있다. 한 지점에서 다른 지점들을 바라보는 상황이 아니다 보니, 결과물들이 그냥 둥둥 떠 있는 기분이 드는 것이다. 그에 비해 괜찮은 논문은 무엇을 말하고자 하는지, 머리에 환하게 들어오는 경우가 많았다.

이야기의 끝에 후배는 미술의 추상화마저도 그림 그리는 사람이 자신의 생각을 정확하게 표현한다고 하였다. 하물며 공학적인 논문은 말할 것도 없을 것이다.

:: 자존심 상할 일, 적지 않다

살아가는 것은 개인차가 크다 보니 이렇게 살아라 저렇게 살아라
하는 기준은 없는 것 같다.

그런데 일을 하기 위해서는, 더구나 엔지니어링을 하기 위해서는 이
런 것도 공부하고, 저런 것도 경험할 기회를 많이 쌓았으면 좋겠다.

대학원을 졸업하고 현장에서 일을 해보니 자존심이 상할 일이 여
간 적은 게 아니었다. 온통 모르는 것투성이었고, 개발을 해서 생
산을 잘하고 싶어도 안 되는 일이 더 많았다.

자존심은 낮추어지는 것이라 생각한다. 자신의 것이 아닌 분야를
공부하다 보면, 시험에서 낮은 점수를 받을 일도 생기고, 개발을
처음부터 시작해야 하는 일도 생긴다.

그렇더라도 기꺼이 '처음부터' 공부했으면 한다. 재료공학을 공부하
고, 정보통신공학을 다시 공부할 때는 적잖이 힘들었는데, 분명 나
중에 새로운 일거리를 만들 때 도움이 되었다.

:: 일반적으로 사람 만나기

굳이 글의 제목을 다시 달라면, '멘토를 찾아서' 정도가 될 것이다. 사회생활을 하면서 자신의 분야나 다른 분야의 사람들을 만나다 보면, 자신을 비춰보는 거울로써 도움도 되고, 무엇보다 자신의 세계를 깨나갈 수 있는 기회를 얻게 된다.

다르게 생각하는 여러 방식을 만날 수 있었다. 같은 일을 두고 이런 생각도, 저런 생각도 있었다. 그리고 운이 좋을 때는 왜 그렇게 생각하는지도 듣게 되었다.

당신만의 삶의 철학도 들을 수 있었다. 그 일을 하게 된 계기가 무엇인지, 일을 할 때 어떤 생각으로 하는지도.

:: 특정한 상황에서 풀어가기

대부분의 일은 전에 없던 일이라 생각한다.

엔지니어링의 순서는 일반적으로, 이론이 맞는지부터 확인하는 절차를 거쳐야 한다고 본다. 대부분 본인이 하는 일은, 비슷한 일을 하는 상대가 알기 어려운 상황까지 내려가는 경우가 많다. 그 상황에서도 비슷한 분야를 연구하는 분의 도움을 받을 수밖에 없다.

이때, 서로 의견을 나누기 위해서는 특정 이론이나 용어에 집착해서는 안 된다고 본다. 서로의 생각의 흐름상에서 확인을 하는 편이 낫다고 생각한다.

대화에서 툭 터놓고 서로 이야기를 하다 보면 의견이 맞아 들어가는 지점이 생긴다. 이때부터 집중해서 듣고 말하면 된다고 생각한다.

공통적으로 이해가 가는 부분은 머리에 등이 들어오듯이 될 것이다.

목적에 충실할 때
인간의 삶은 가장 빛나는 게 아닌가 한다.

일의 흐름

2005년 가을부터, 무엇을 할까 고민했다. 회사의 상황은 나날이 나빠져 가고 있었고, 다음 일로는 어떤 일을 할까 고민하고 있었다.

그 고민이 강산의 바뀜을 한 번 넘어가고 있다. 무엇을 해야겠다는 것은 아직 손에 넣질 못했고, 어떻게 하면 되겠다는 것은 알게 되었다.

일이 흘러가는 과정을 한번 정리하려고 했었다. 이것이 최근에 알게 된 인지과학[8]과 관련이 있는지는 모르지만, 우리 생활과 동떨어진 이야기가 되게 하지 않으려고 적잖이 애를 썼다.

---

8. 마인드(mind)를 연구하는 학제적 학문이고, 우리의 정서적 능력들 사이의 연결을 다룬다고 한다. (이정모, 『인지과학』, 성균관대학교출판부, 2014년.)

몽당붓이 점점 짧아지다

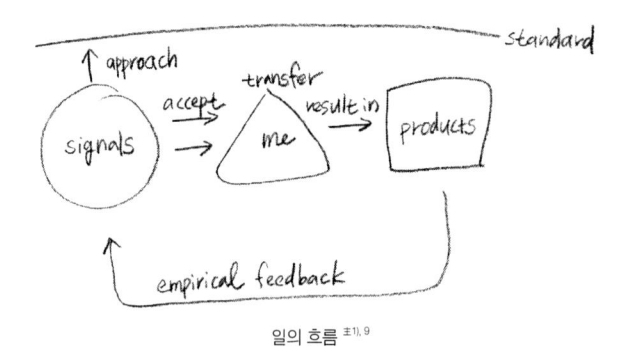

일의 흐름 ^{#主1), 9}

타임머신을 타고 추사 김정희 선생이 살던 시대로 돌아간다. 선생

#主1: 일의 전체적인 흐름을 나타낸 그림이다. 한 사람이 일생동안 어떤 영감(inspiration)을 얻어 그것을 표현하는 과정이기도 하고, 공장에서 하나의 제품을 개발해서 파는 과정이 될 수도 있다.

요약하자면, 자신(me)을 중심으로 신호(signals)를 받아들여(accept), 그중에서 적합한 신호를 선택하고(transfer) 적절한 결과물(products)로 내놓는다(result in). 경험적 피드백(empirical feedback)을 되풀이할수록, 우리가 원하는 결과(standard)로 가까이 간다 (approach).

9. 세상에 갑자기 뭔가를 폭발적으로 창조해내는 사람은 없다고 생각한다. 생각하는 법도 배워야 알 수 있다. (팀 브라운, 『디자인에 집중하라』, 고성연 옮김, 김영사, 2010년.)

은 머리가 아프다. 아, 뭔가 새로운 글씨체를 내놓아야 이번에 사람들 앞에서 면이 설 텐데, 도무지 새로운 서체가 떠오르질 않는다.

어릴 때부터 선생은 종아리를 맞아가며 먹을 갈고, 글씨를 배웠다 (result in). 그런데 이번 서예전에 나가기로 약속을 했는데 적당한 서체가 떠오르질 않는 것이다. 삿갓을 쓰고 집 앞을 왔다 갔다 하다가, 드디어 발견했다. 대나무 뿌리를 보고, 문득 새로운 서체가 떠오른 것이다.

그런데 왜 대나무 뿌리인가. 선생의 잠재의식 속에 이미 대나무 뿌리가 기다리고 있었던 것이다. 대나무 뿌리를 본 순간(accept),[10] 갑자기 잠재의식 속의 새로운 글씨체가 나타난(transfer) 것이다.

'아, 이거 왜 이리 마음에 안 들지?' 새 글씨체를 써도써도 마음에 안 든다. 이래 써 봐도 저래 써 봐도 마음에 안 든다. 먹을 갈다가, 붓으로 쓰다가 계속 연습을 한다. 붓을 몇 자루 망가뜨리고는

---

10. 우리는 자연에서 많은 힌트를 얻는다. 그런 자연은 어떤 모습으로 우리에게 다가오는가를 이야기하고 있다. (이언 스튜어트, 『자연의 패턴』, 김동광 옮김, 사이언스북스, 2005년.)

(empirical feedback) 드디어 기미가 보이기 시작한다.

'돈도 없는데, 이러다가 붓 다 쓰것다.'라고 혼잣말로 중얼거린다. 그러나 글씨는 점점 원하던 모양으로 바뀌어가고 있다(approach to standard).

꿈속에서

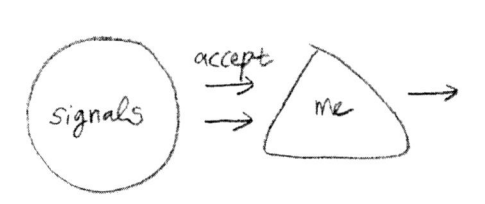

신호를 받아들이는 환경[主2]

'유레카!'

아리스토텔레스는 목욕탕에서 느긋하게 목욕을 즐기다가, '그거다!'를 외쳤다. 순금이 얼마나 순금에 가까운지를 측정할 방법을 알아낸 것이다.

또 다른, 순간에 관한 이야기. 멘델레예프는 러시아의 화학자였다.

#主2: 우리의 주변으로부터 신호(signals)를 받게 되는 환경에 대해 이야기하고 있다. 설명하기 어려운 것이 대부분의 상황이다.

아무리 봐도 원소주기율표를 맞출 수가 없어 잠을 잤다. 그리고 그는 꿈속에서 '그것'을 보았다. 완성된 원소주기율표를 꿈에서 본 것이다.

이 두 가지는 과학적 발견에서 굉장히 큰 이야기들이다. 일상의 작은 일들도 새로운 해결책을 찾으려면 머리가 아프다. 잘 안 떠오르므로….

그런데 이처럼 설명할 수 없는 새로운 생각이 떠오르는 순간은, 우리도 또 다른 아리스토텔레스, 멘델레예프가 되는 순간이다. 그 순간은 꿈속처럼 희미한 안개로 둘러싸여 있다. 누구에게도 들키지 않는….

왜 사람마다 다를까

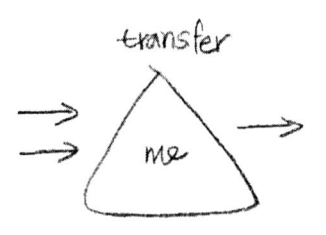

신호를 받아들이는 차이[主3]

꽉 막힌 도로에서 차를 몰면서 '배철수의 음악캠프'를 듣고 있었다. 프로그램의 칼럼에서 '사람은 스스로의 존재가치를 가지고 태어났으며, 그 가치를 따라 살아간다.'고 하였다.

하나의 일을 두고 사람마다 보는 각도가 다르다. 타고난 바도 다르고, 자라온 환경이 달라서일 것이다.

#主3: 사람마다 주변으로부터 받아들여(accept), 선택하는(transfer) 신호(signals)는 다르다. 사회를 보는 다른 눈(crystalline lens)을 가졌기 때문이다.

우리의 일상에서 쉽지 않은 때는, 어떤 상황에서 정답에 가까운 답을 찾아야 할 때이다. 그런데 객관적인 상황과 먼 생각을 끌어오는 경우는 자신과 주위를 힘들게 할 수도 있다.

일을 객관에 가깝도록 보려면, 사회를 보는 눈이 객관에 가까워야 한다고 본다. 많은 책들을 읽고 생각하고, 정리해 나갈수록 사회를 보는 눈이 정확한 방향으로 갈 수 있다고 본다.

대신, 객관과는 너무 거리가 먼 눈으로 사회를 바라보면, 상황을 잘못 이해해서 실험이나 기업 전략이 엉뚱한 방향으로 갈 수 있다고 생각한다.

막 엮다 보면, 보이기 시작한다

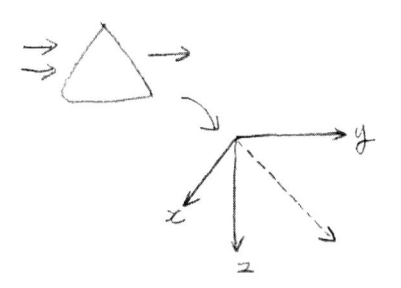

예측이 일어나는 단계[主4]

한 해의 끝이나, 또 다른 한 해의 시작에 많은 사람들이 자신의 운명에 대해 궁금해한다. 일을 만들어갈 때도 마찬가지라고 생각한다. 일이 어떻게 될 것인가 궁금해지는 것이다.

일이 어디로 갈 것인지는 지나온 일들을 엮는 과정에서 알 수가 있

#主4: 받아들인 신호(signals)를 바탕으로 다음 단계를 예측하는 일이 일어나는 상황이다. 신호를 재구성하는 단계이다. 본격적으로 실험 계획이나 기업의 경영 전략을 짜는 과정이라 할 수 있다.

을 것이다. 그림에서 지나온 장소(x)와 그 시간들(y)을 생각하면, 앞으로 어디를(z) 거쳐 갈 것인지 회미하게라도 보일 것이다.

사진을 찍다 보면, 파인더 안에 장면이 잘 보일 때 깨끗한 장면을 찍을 수 있다. 그런 것처럼, 일을 꾸미는 것도 그 장면을 선명하게 그릴 수 있다면 잘 꾸려갈 수 있다고 생각한다.

하나의 문제에 하나의 답이 있음을

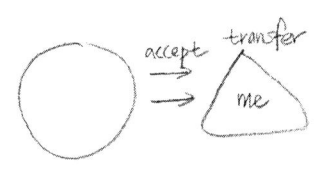

계획의 선택[±5]

산스크리트어로 카르마(karma)와 다르마(dharma)는, 원인과 결과에 대해 이야기를 하고 있다.[11] 좀 더 사람이 살아가는 이야기로 옮겨 오자면, 한 사람이 태어난 데는 하나의 이유가 있다는 것이다.

일상의 일을 하는 것도 무엇인가 하나를 선택하는(transfer) 것이다. 땅을 사려고 해도 복덕방을 열심히 돌아다니다가 결국은 적절

#主5: 여러 예측한 계획들 중에서 선택을 하는 단계이다. 받아들인 신호를 바탕으로 예측과 선택이 정확할수록 결과물도 정확한 값으로 가까이 간다.

11. 하나의 문제에는 주로 하나의 답이 있다고 이야기한다. (윌리엄 더건, 『제7의 감각』, 윤미나 옮김, 비즈니스맵, 2008년.)

한 땅을 골라야 한다.[12]

엮은 정보 중에서 돈도 적당하게 벌고 위험이 적을수록 안정적인
선택이 될 수 있다.

많은 고민 끝에 선택한 정보는, 구현하기 수월하고 경로를 지나가
는 데 방해하는 요소들을 피해 가는 특징을 지닌다.

---

12. 이야기의 흐름은, 편안한 상태에서 자연스러운 길을 걷는다. (Mihaly Csikszentmihaly,
『FLOW』, Harper Perennial, 1990.)

참매는 바쁘다

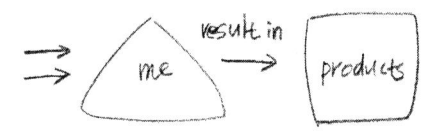

표현하는 단계[6]

참매가 새끼를 키우는 과정은 맹금류답게 상당히 강하게 트레이닝을 한다고 보고되고 있다. 알에서 깨어난 새끼가 어느 정도 커 가면, 어미는 사냥술을 가르친다.

'저 멀리 강둑에 오리 한 마리가 딴청을 피우고 있다. 버드나무에 앉았던 어린 참매는 갑자기 활강을 하더니 눈앞의 오리들을 지나, 그 뒤의 오리를 사냥한다.' 전속력으로 날아가, 자신의 눈에 들어온

#主6: 사람이 평생 해야 할 일은, 자신이 하는 일을 갈고 닦는 것이라 생각한다. 추사 김정희 선생이 평생 자신만의 서체를 구현하기 위해서 일생을 바쳤던 것처럼 말이다.

사냥감으로 적당한 오리를 낚아채는 것이다.[13]

이것이 선택한 신호에 대한 어린 참매의 표현(result in)이다. 어미가 사냥감을 놓치지 않도록 마르고 닳도록 훈련을 시킨 결과라 하겠다.

---

13. 참매의 습성과 사냥을 이야기하고 있다. (박웅, 『천년의 기다림 참매 순간을 날다』, 지성사, 2013년.)

반복하다 보면

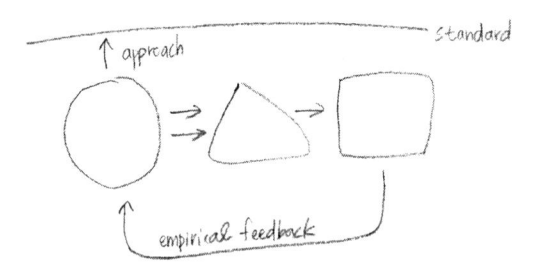

피드백을 통해 표준으로 가까이 감

첫 회사에 다닐 때, 결혼을 한 지 얼마 안 된 선배가 있었다. 와이프가 된장찌개를 끓이는데 아직 깊은 맛이 안 난다고 했다. 지금 생각하면, 어머니처럼 깊은 맛이 안 난다던 그의 말은 욕심이 아닌가 한다.

된장찌개도 많이 끓여봐야 깊은 맛으로 가까이 간다고 생각한다 (approach to standard). 아무튼, 일의 결과는 피드백(empirical feedback)을 얼마나 잘 수행했는지를 알려준다고 생각한다.

수제 가방을 만드는 사람이라면, 고객들로부터 피드백을 많이 받을

수록 자신의 수제 가방이 시장에서 더 오래 팔릴 가능성이 높아진다. 축약하자면, 일상의 피드백을 많이 가할수록 상업성과 보편성으로 가까이 가게 된다는 것이다.[14]

---

14. 우리 생활의 제품들이 피드백이라는 경험적 순환장치에 의해 개선이 된다는 것을 알려주고 있다. (후카사와 나오토·재스퍼 모리슨, 「슈퍼노멀 SUPER NORMAL」, 박영춘 옮김, 안그라픽스, 2009년.)

온다지여 아샹을 유리하면버

37.

다음으로 가기 위해서는

지나온 순간들을 한 번쯤은 돌아보아야 한다.

새벽에

냇가에 다녀왔다.

냇물은 왜 저렇게도 잘 흐르던지….

가다.
온온 때서 가다.

내길

일하는 데 꼭 필요한 것

치밀하게 계산한 일정표보다

마음으로부터 우러나오는 무엇.

글로만 배운 인생

경험으로 덧칠하려니 오래 걸린다.

과유불급과 불광불급

불광불급은, 정점이 아니면 안 된다는 뜻으로,

과유불급은, 넘치면 안 된다는 뜻으로 해석하면 될까….

바꾸려 하지 말고

젖어들게 하라.

집요함이라는 것도

미래가 보이기 때문에

할 수 있는 행동이다.

뭐든지

질리도록 하지는 말 것.

비가 오고

흙더미가 아스라해지듯이….

인생이란

맞는지도 모르고,

될지도 모르는 길을 믿고 가는 게 아닌가 한다.

그런 게 아닌가 한다.

마음의 흐름은

갇힘을 쏟아내는 순간 이어진다.

떠돌아다니는

바람이기보다

바람을 만드는 바람이길….

일은

사람의 의도대로 가진 않는다.

일은 일대로 가버리며,

사람이 할 수 있는 일은

준비, 또 준비뿐이다.

늘 운명이

건디어 줄 거라 강하게 믿길….

그 사람이 했던 말

하나하나 곱씹어 보면 그 내포를 알 수 있다.

시간의 지남과 함께….

人生

한 번뿐이다.

그대로 실행하라!

뻔히 보고도

손도 못 대는 순간이 있다.

그럴 때는 숨 쉬는 것도 부담스럽다.

삶의 무게를

하나씩 덜어가라.

그러면 풍선처럼 떠오를 수 있다.

책을 읽어

자기 속에 두어야 하고,

다른 사람들에게는 해(解)를 제시해야 함을….

편안함의 끝에서

도약하라!!

멋있어 보이지 말 것!

그러나, 그 멋을 직접 가질 것!

어제의

약속이 지켜지지 않은 것은,

오늘의 꿈이 간절하지 않음이다.

내 것이

아닌 것을

놔 버렸을 때의

자유로움….

집중은

버리는 데서 시작되고,

힘은 단절에서 비롯된다.

달도

차면 기울게 되어있으나,

안다고 해서 어쩔 수 있는 것도 아니다.

내가

너보다 낫다는 마음,

그 마음은 진실이 아닐 것이다.

가장

마지막에 추구할 것은, 영혼에의 자유이다.

기다림

소심해서 과감한 것을 잘 못하는 나.

그래서, 가장 잘하는 것이 미련하게 기다리는 거.

사람을 키우는 것

키운다기보다, 공감하는 것.

나무에서

물을 길어 올려

현실을 이룰 때가 되었다.

Escape

from Mother is the last gate to the sea….

things gonna happen on the midway… that' s life….

가야 한다

이 길 가야 한다.

생각 정리

자기 속에 허우적거리다

주위를 놓치는 격이 되어서는 곤란하다.

모든 일은

손에 쥐듯이

그리고, 손에서 놓듯이.

왔던 길

다시 가진 않는다.

신뢰가 찾아오기 전에

먼저 찾아오는 것은 된서리이다.

할퀴어진 자국을

다시 바라보게 되었을 때,
비로소 성장은 시작된다.

안 되는 것에 대해

내 너 안 버리마.

진정

혼자일 수 있을 때,

모든 게 저절로 가는가….

아무것도

모르고

어떻게 여기까지 왔나.

이젠

진짜 내 길 가는 거다.

뒤돌아보지 말고 가는 거다.

작년 여름, '이루어야 한다, 하늘이 다섯 쪼가리 나더라도, 이루어야 한다.'던 끄적거림이 생각납니다.

석사과정부터 여정이 녹록지는 않았습니다. 2000년대 초반, 땡볕을 맞으며 동해안 7번 국도를 달리던 때가 생각납니다. 십수 년의 시간이 그 땡볕 속의 라이딩 같았습니다. 땀은 흐르고 눈앞이 잘 보이지 않았지만, 갈 수밖에 없는 여정이었습니다.

이제 여정의 방향을 바꿀까 합니다.

먼저, 김회란 출판사업부장님(북랩출판사)께 고마움을 드립니다. 센 파도가 부닥치는 바위 위에서, 동자(瞳子)의 흔들림도 없는 조사(釣士)와 같이, 제 글을 단박에 끌어올려 주셨습니다.

그리고 생활에서 적잖은 가르침을 만났습니다. 어느 기차역에서 들려주신 먹고사는 일이 팍팍해짐에 관해서부터, 남도(南道)의 한라봉 이야기며, 양재동에서 금융공학에 관한 이야기까지. 일일이 불러드려야 할 고마운 분들을, 그저 마음으로만 불러드립니다.

이제, 그분들의 한 마디 한 마디를 실어, 다음 강물 위로 띄워드립니다.

고맙습니다.

2015년 4월 28일, 여름을 재촉하는 날에.

글을 쓰는 내내 고민을 했다.
써야 할 이유를 알고 싶었던 것이다.

그런데 글을 쓰고자 했던 진짜 이유는 찾을 수 없었다.

몇 번의 직장생활과 학교생활을 잘 엮어서
어디에 걸어두고 싶었다.

공부의 정리, 그것도 아닌 것 같다.
그렇다면 삶의 방향성을 찾고자 한 것일까.
삶에 대한 고민도 지금은 이유가 되지 않을 것 같다.

그저 생각의 흐름을 따라왔다고 생각한다.
이런저런 기억의 조각들을 엮고자 노력했다는 정도이다.
단지, 엮은 생각의 울타리가 꽉 막힌 벽이 되기보다는

한여름 풀을 빳빳이 먹인 모시처럼
바람이 숭숭 드나들었으면 좋겠다는 것이다.
이제 방황에 가깝던 여정을 끝내려 한다.

다음 여정을 기다리며….

이 글을
父母님께 드립니다.

뭔가를 늦게 시작하는 子,

東煥 드림